U0967190

每个人都有一个世界，
自己也走不出。

，别人走不进，

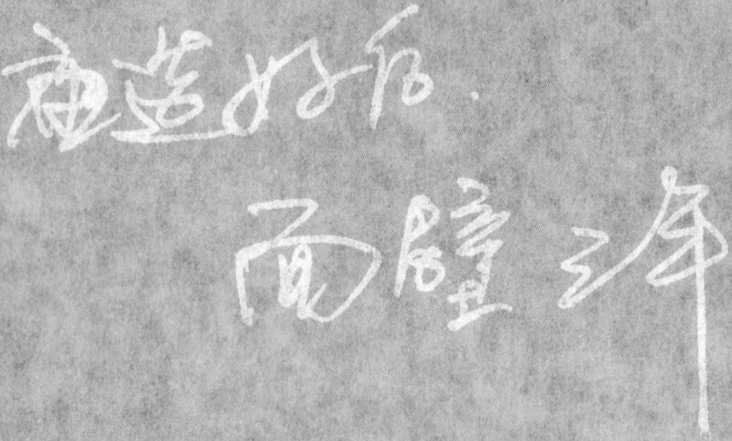
面壁之年

在路上

文 / 校尔康

伯牙等不到子期，任高山流水，他把琴摔了。
梁武帝请达摩说禅，机缘未到法不轻传，他乘一苇渡江飘逸而去。
介子推死不言禄。晋文王报恩无门，却将他烧死在山中。怎么说？
有些人，有些事，为什么这样，只能慢慢悟。

你是谁？
我们常常忘记了自己。
那么，在我们静下来时和自己喝杯茶，静静地和自己说说话。
听一听，自己的声音。
我是谁？我将去哪里？

那个真实的自己在哪里？
在大江大河，还是深山野岭，在草原还是海边。在乡村，还是城市。
喜欢粗茶淡饭，还是山珍海味。喜欢阳春白雪，还是禅茶一味。无一不好。

有的人想治理天下，有的人想游遍天下，有的人想富甲天下。
都没有错，平常心就是道。心安处即是禅悦，有和无都可以泰然清静地生活。

有的人在去南极的路上，有的人在攀登珠峰的路上，有的人走在回家的路上。
成吉思汗手持上帝之鞭，横穿欧亚大陆，他的铁蹄征服了世界。但他也没有征服自己。
上个世纪美国人杰克·凯鲁亚克在他的小说《在

路上》说，“因为我很贫穷，所以我拥有一切。”
现在的你，哪怕所有的都私人订制。
你拥有了一切，一切之一切。
又怎么样呢？
上下五千年，多少英雄豪杰，恰似一江春水向东流。世事变幻，如露亦如电。

在飞机上看云，云是这样。在山顶上看云，云是那样。云还是云，我还是我，法无高下，顺其自然。

上帝对人说：我医治你，是因为要伤害你。我爱你，是因为要惩罚你。
我们走路、骑车、乘船、坐车，坐飞机、乘游轮。从这个村到那个村，从这个城市到那个城市，从这个国家到那个国家，从这一站到那一站，说不清楚哪一站才是终点。
我们总以为没有经历过，没有拥有的是最好的。那些豪车洋房甚至飞机游艇总是代表成功。
经历过的人自然知道，就这样。

慢慢才明白，最奢侈的不是名车，名表，成为名人，原来最奢侈的是听自己的声音，和自己的灵魂在一起。
当你拥有了，经历了，你才发现生活还是这样没有改变，还是要吃饭，还是要睡觉。

慢慢才明白，无非是吃饭睡觉。
也就是和谁吃饭和谁睡觉。
这就是生活。

无论东方，还是西方。

所以要静心。
这就是生命的真相，无论你拥有多少，无论你经历多少。
你仍然是你。

在路上，需要不断地给予，需要静心的品质，需要爱的滋养。
父母是我们的天和地，我们生命的源头。
那里包含着道。

老子一生默默无为而修，他得到了道。道法自然。
孔子仁爱天下获得了儒。
佛陀目睹明星，证悟成佛。
我来自哪里？
我们即使拥有飞机、游轮、珍宝又怎么样？
我们即使走遍了全世界又怎么样？

三界唯心。在通向自己的路上，将自己慢慢沉淀下来。世界上没有两片相同的雪花，也没有两片相同的叶子，这个世界上没有一样的自我。唯有自己，在独一无二的世界，可以去发现那种和自己相遇临在的寂静，那种宁静的虚无。

心无挂碍，活在当下。
大道至简，有爱的地方就是天堂。

她也可以是侯

这种老芝会

是酒鬼.

仍不再与有

世界是一场去芒，

霞善伶俪 懿行

诗为禅客添花锦，禅是诗家切玉刀

文 / 吴思敬

在诗歌界，校尔康身份很特殊。他爱诗习禅，出没于丛林，交友于十方，既是禅客，又是诗人。当读完校尔康的诗集《在路上》的时候，我想起了金代诗人元好问的两句诗："诗为禅客添花锦，禅是诗家切玉刀"，我觉得这两句诗不仅透辟地阐释了诗与禅的关系，同时也是理解校尔康其人其诗的一把钥匙。

冯友兰先生曾在《中国哲学简史》中指出："禅宗虽然是佛教的一个宗派，可是它对于中国哲学、文学、艺术的影响却是深远的。"禅是一种宗教，是一种哲学，同时也是一种隐秘的心灵体验。禅宗强调的是对时间的某种顿时的领悟，即所谓"永恒在瞬间"或"瞬间即可永恒"，其核心则是让生命超越现实的拘囿，从而进入永恒之中。禅宗希望超出人世烦恼，追求精神自由，但又不主张完全脱离世俗生活，不否定个体生命的幻想，适应了不同时代失意而苦闷的知识分子寻求精神解脱的愿望。禅看似不可言说，虚无缥缈，但真正走了进去，领悟了它，却能感受到它就在人们的日常生活当中，并与人的精神品格、思维方式、艺术素养等有密切的联系。

"自古诗情半个禅"。诗和禅一样，不提供定义，只是显示鲜活的情感与心灵状态。面对世界，禅家强调"身在万物中，心在万物上"，这与诗人主张的既要入乎其内又要出乎其外，颇有相通之处。细味那些传世的优秀诗歌，不仅能感受到音韵之美、意象之美，而且能领悟到蕴涵其中的哲理，能体味到溶解在生活中的秘密，而这与领悟禅机、禅趣，进入禅的境界，也确有某些异曲同工的地方。

禅宗认为，禅是不可言说的，要言说也要绕路而行，因而特别强调闻声悟道、见色明心，强调暗示性，所谓“佛祖拈花，迦叶微笑”是也。冯友兰说：“禅宗中人常说：善说者终日道如不道，善闻者终日闻如不闻。宗杲说：‘上士闻道，如印印空。中士闻道，如印印水。下士闻道，如印印泥。’(《大慧普觉禅诗语录》卷二十）印印空无迹，所谓‘羚羊挂角，无迹可寻。’”而这又恰与诗人审美创造中的思维方式得以沟通。诗人在创作中同样强调一种“悟性”，所谓“鸟啼花落，皆与神通。人不能悟，付之飘风。唯我诗人，众妙扶智，但见性情，不著文字。”(袁枚：《续诗品·神悟》)优秀的诗作都具有这种暗示性，强调含不尽之意于言外，强调表达的疏密得当、不即不离，具有一种含蓄、空灵之美。由禅悟到诗歌创作的直觉思维，由禅境到追求无言之美的诗境，一脉相承，成了中国诗学中非常重要的传统。

陆游晚年给他的儿子陆子遹写过一首诗，提出“汝果欲学诗，功夫在诗外。”(《示子遹》)意思是说，一个诗人写诗，光在文字、技巧上下功夫是不够的，更重要的是要在阅历、才智、学养、操守、精神品格等方面下功夫。这一点，对禅诗的写作者来说尤其重要。

应当说，作为一个诗人，校尔康是很重视诗外功夫的。他曾在九华山带发修行，追随传真法师学禅修道。他对佛学禅思早已不是停留在知识层面上的了解，而是个真正的悟道者了。我也读过校尔康的散文，在《悲伤的终点是爱》这篇散文中，诗人描绘了自己悟道的感受：

当我在玄武湖边上行走，落日的余晖投射在静静的湖上，对面的紫金山静如处子，在博大的寂静中，我融入这样的风景。

我觉得我已不在！

我经常会碰到一些人他们经历过生死的磨砺而充满爱。一位刘姓师兄带领一个上百人的学佛小组，其中有十来位身患癌症八十多岁的老人。他们在一起去很远的地方朝山，融入到团队中，有活动时大家自带干粮和水，我经常碰到他们，在相处的短暂时光里我会被他们的淡然平和超越恐惧的光芒照耀。人的心灵所需的物品，是用钱买不到的。我采访中间的几个人，他们都乐观地说，我们想阿弥陀佛会来接我们的。这种超凡忘我的境界给了我深深的记忆。

校尔康以禅客之心，在禅界和尘世间往复融通，在悟到生死之间的无常后开始追求快乐的人生与解脱的境界，在红尘滚滚的世界里重新找回自己，在信仰世界的神秘空间中获得了无尽的创造力。他的诗歌有禅诗之灵思，兼偈语之警策，述说着世人的感情和觉悟，成为佛光照耀下的当代生活之回响。

校尔康曾在自己的诗作中描写了在礼佛过程中悟道瞬间的独特感受："那一天/登上莲台/供上万盏禅灯/心念无限的祝愿/漫山吉祥的佛号/温暖不了我的泪水//我受持无上的真言/融化在光明中/多少甘露/从天而降/可是我/浑然不知//那一天/遇到你/春暖花开/才知因缘熟了"(《那一天》)。随着这种"悟"而来的，是那种心无挂碍的人生态度，如他所言：

在通向自己的路上，将自己慢慢沉淀下来。世界上没有两片相同的雪花，也没有两片相同的叶子，这个世界上没有一样的自我。唯有自己，在独一无二的世界，可以去发现那种和自己相遇临在的寂静，那种宁静的虚无。

心无挂碍，活在当下。
大道至简，有爱的地方就是天堂。

正是这种"心无挂碍"的人生态度，使他的诗歌呈现了诗思与禅境相交融的灵性书写的高度，从而与当下诗歌中的大量平庸之作划清了界线。

在《留得残荷听雨声》中，面对九月湖边的残荷，沐浴着蒙蒙细雨，诗人默然心动，悟出的是"花开花谢佛自在，山上山下真如意"的空前自由的天地。
在《在河边》中，面对夕阳西下，暮色花影，诗人静静地体会时空的安宁，体验着"空"，发出"这个世界上还有什么能与寂静同在，寂静之美胜于无声的世界"的感慨。

在《自由》中，面对窗外黄昏中，一直在飞翔，将纤细的身影横穿天空的鸟，他在鸟儿留下的“白色的弧”中，悟出了生命的奥义：自由被扭曲在规范之中，一切虚妄的幸福都宛如昙花。

在《与光同尘》中，诗人发现阳光普照的光线中，隐藏着“无数的灰尘/一边发光/一边飞扬”，从而悟出：“人生的光线/不也是时亮时灭/闪闪烁烁”，进而渴望“无量的光明/穿越山川河流/让整个寂静的人生/和大地同生/与光同尘”。

上引的几首诗，是校尔康有代表性的作品，均属于禅诗。诗人受身边自然景象的触发，灵光一闪，怦然心动，诗情与禅意相交汇，一首诗歌就这样诞生了。

禅诗的写作，在中国有悠久的传统。在我看来，禅诗的写作大致可分为三个层次。第一个层次是字面上并无佛理禅思的痕迹，呈现在读者面前的是由优美的意象构成的画面，佛理禅思寓于其中，可让人思而悟之，味而得之。王维的《鸟鸣涧》《辛夷坞》《鹿柴》《山居秋暝》等可视为这类作品的代表。第二个层次是诗人以精心选择的意象，构成一个生动的画面和场景，并用文字把诗人所悟出的佛理禅思点出来。第三个层次则不借助意象或画面，直接把诗人悟出的佛理禅思说出来。

如果对照这三个层次，应当说校尔康对第一层次的诗是心向往之，但目前还不能说已写出与前人成功之作相匹配的作品。他的比较优秀的诗作，基本属于第二层次，有来自生活的意象与画面，多以卒章显志的方式，保留着对佛理禅思的言说。此外，校尔康还有一些属于第三层次的作品，诸如《爱是一种承诺》《我们的人生需要旅行》等篇章，诗人隐去了与自然意象相关的内容，直接把他悟出的佛理禅思向读者倾吐出来。这部分诗歌通常以禅理的雄辩与机锋的敏锐征服读者，从张扬佛理禅思以及健康的人生哲学而言，自有一定的价值，但没有了优美的意象，也就失去了诗味的绵长，距离真正的禅诗毕竟隔了一层。当然，以校尔康的悟性，他会不断调整自己的写作策略与方向，其诗思诗艺的精进的空间是可以想象的。

2015年校尔康出版了他的第一部诗集《在远方》，现在他的第二部诗集《在路上》又将出版。我因思忖，在当下的时代，怀着一种崇高的宗教情怀，希望用爱来化解喜怒情仇，渴求用佛理禅思普渡众生，这样的诗人实在是太难得了。因此不揣浅陋，特撰此文予以评述并推荐，是为序。

那个的训是汇

禅思的玄机

文 / 叶橹

国人向来对于自身的生存方式有所考量，并因之而总结出许多处世之道。积极参与社会生活者谓之“入世”，淡出江湖者为“出世”；得道升天的人会标榜“达则兼济天下”，失意落魄之后就会“穷则独善其身”。诸如此类的人生哲理，其实都是离不开对个人命运的关注。非常奇怪的是，人生哲理尽管五花八门，儒释道混杂交替，我们民族却常常自认为是一个没有宗教信仰的民族。依我之见，自古迄今我们所总结出的许多处世之道，大抵都是一种“权变”的产物。

没有终极的价值观，虽然也有“不以成败论英雄”的说法，但那大多是一种自我安慰的托辞；在社会的普遍意识中，还是把“成王败寇”奉为圭臬的。细细想来，国人的智慧虽然不输于任何国家和民族，可是所受的灾难和痛苦，也同样不输于别人。也许正是因为如此，近些年来信佛入教的人日渐增多，可能是想从精神上找到寄托吧。

写下以上这些文字，是有感于读了校尔康诗集《在路上》而生出的联想。我虽然对禅诗读过一些，还写过论洛夫的禅诗的文字，但对于佛学却几无所知。读校尔康的诗，深感他已经是一个佛家的修行者，诗中处处流露出一种禅诗的睿智，我还能对他的诗说些什么呢？

首先引起我好奇的，是校尔康本是理工科大学生，为什么会走上参禅悟道的佛门之途呢？他的诗在某种程度上回答了这个问题。他对生活的爱和恨，他对万物和诸多生命现象的观察和思考，使他走上了禅思之路。我由此就想到，以往我们常把归入佛门的叫做“出世”，说他们是“看破红尘”之人，因而做了“出家人”。现在想想，这种说法似乎流于浅薄。《般若波罗蜜多心经》有言：“色不异空，空不异色，色即是空，空即是色。”这里对色与空的相互依存和合二而一的存在关系，说得十分透彻而辩证。所以用“出世”来形容佛门子弟，并不恰切。因为他们对诸多万物和生命现象的思考，仍然在我们生活的世界之内。

不过话还得说回来，佛门子弟们尽管并未“离世”，但他们的禅思方式还是有异于许多世俗观念的。这也正是它能够吸引众多人走上参禅悟道之路的根本原因。一般人似乎认为，进入佛门的人，大抵都是在现实生活中受了重大的精神打击而看破红尘者。不可否认有这样的皈依者。但是真正有佛者心，其实是因大爱而生的。校尔康有一首《我爱这世界》，写的就是他内心深处的感受：

我爱
这里不是黑
但又不是白的
苦又不苦
甜又不是甜
不知何味的世界

这不白不黑不苦不甜而不知何味的世界，正是它的“色”。而“它不可捉摸”的“无常的虚空”，正是它的另一种存在。校尔康实实在在爱慕的，甚至有时候也是恨着的，正是这“地球上任何地方”都一样的“事实”。面对这样一个“事实”，校尔康才有可能以阔达的心胸，灵动的思维，展开他的翅膀翱翔于天地之间。

作一篇小文，我不可能在这里对校尔康的诗做出详尽的评析，但是我想指出一点，他的诗性思维的灵动性。他的灵动性一方面表现为对一些抽象事物和观念的诗性陈述；另一方面则是在具象化的事物中获取到抽象的升华。不妨信手拈来《远逝的阳光》为例：

远逝的阳光
和一把锁
是一双眼睛
留下的
痕迹

远逝的阳光
和一把锁
我的一生
都像是
深藏不露

这短短的两节诗，把阳光和锁的意象，置于不同的场景中而蕴涵着各自不同的意味。前一节是外貌的过程性陈述，而后一节则是内观心灵的探究。或许这样的诗不能给你一个明确的答案，但它的答案其实已经在文字的陈述中。至于如何理解它，则有赖于各人的生活体验和悟性了。

校尔康自己说他是一个带发修行的人，其实剃不剃发只是一个形式而已。以我这个俗人之见，参禅悟道是一个人对现实社会和自身生命存在的审视。从终极意义上说，任何一个人都是向死而生的，参悟生死之大道，是一个有自觉的生命意识的人毕生的修行。

从校尔康的许多诗中，我们已经读出了他对生命所着重与彻悟的，在他的视域内，让许多无意识的生命成为有意识的生命，或者说，这些本来是有意识的生命，被人们误认为无意识的了。而校尔康以自己的慧眼识破并揭示出它们的真相。能做到这一点，不正是他生命价值的体现吗？

不妨以他的一首诗回赠予他：照顾好你的灵魂！还加一句：写出更好的诗！

到如已非门

进来便是今

没，

人。

禅趣与义理的诗意呈现

文 / 王巨川

对于校尔康诗友，之前并不熟知，但对于这本诗集，我还是很认真地读了一遍。可以看出，这本诗集是诗人对自己存在的世界的另一种解释，其中蕴涵着的禅趣与义理通过诗歌的形式呈现出来。并且在许多诗歌中，诗人有意无意地把中国传统的禅宗意境与禅悟思维承传下来，在彻悟中还原万千事物的“本来面目”。

禅诗是中国传统诗歌流脉中非常重要的一支，诸如陶渊明、李白、苏东坡、王维、黄庭坚等大诗人都有诗作留世。现代诗人李金发、废名、穆旦与卞之琳等人的诗歌中都可以捕捉到中国传统禅宗美学的心机与情结，台湾诗人洛夫也是禅诗的写作高手，被誉为“‘现代禅诗’的写作者”。而校尔康的诗歌，也可以纳入“现代禅诗”的写作范畴，其诗歌既有中国传统禅诗的精神气韵又不失现代诗歌的表现技巧，把自己对禅（禅宗）的理解贯注于诗歌的表现之中。

校尔康的诗歌写作最大的特征就是禅趣与义理的结合，这就为其诗歌本身赋予了深刻的内涵和境界，并且能够在日常的禅悟中呈现诗意之美。我们普遍认为“禅宗美学的核心问题是境界—意境”，王国维也有“意与境偕”之说，认为“境界之呈于吾心而见于外物者，皆须臾之物。惟诗人能以此须臾之物，镌诸不朽之文字，使读者自得之。”因此我们看到，校尔康将这本诗集命名为“在路上”本身就是一个禅宗开悟的偈语，不仅仅是设定了一个诗集的名称，同时也为他的诗歌写作营造出一个境界，就像诗中最后说的“在路上/我们只观此生/悟到了如来/却到不了彼岸”一样，是对人类从来时到去时的整体观照，这种对生命过程的彻悟使得他能清晰地理解人生的意义。其中《下一站，你在哪里》《即使，于是》《谁的手》等诗歌中也同样在诗意的字里行间追问终极的禅趣与义理，诗集中大多数的诗歌都是诗人自我体验后生发出来的禅悟。

校尔康通过禅悟把日常性体验通过诗歌来呈现，并且融入诗人的理性判断是校尔康诗歌的一个显著特征。禅诗需要一种空境、一种智慧，而这种空境、智慧的获取更在于禅诗语言喻指着的某种禅境、智慧。应该说，校尔康的诗歌语言是干净而纯粹的，比如“敬一杯水/就是供养佛”（《一杯水的静逸》）、“我的头发长满树枝/在心灵上蔓延/在出售鲜花的年代”（《我》）。这些貌似不经意的语言随着诗意的流动形成了一种禅境，抑或说是一种诗性的艺术智慧。

短短的一篇小文无法全面概述校尔康的诗歌成就和艺术特色，但不管怎样，这本集子中所呈现的每一首诗歌，都能参悟到他在诗中所凝注的“禅”和“诗”的深刻之意，他力图把传统禅诗与现代气息结合起来，从而达到一种新的精神指向，我想也是这本诗集的最大的特点。

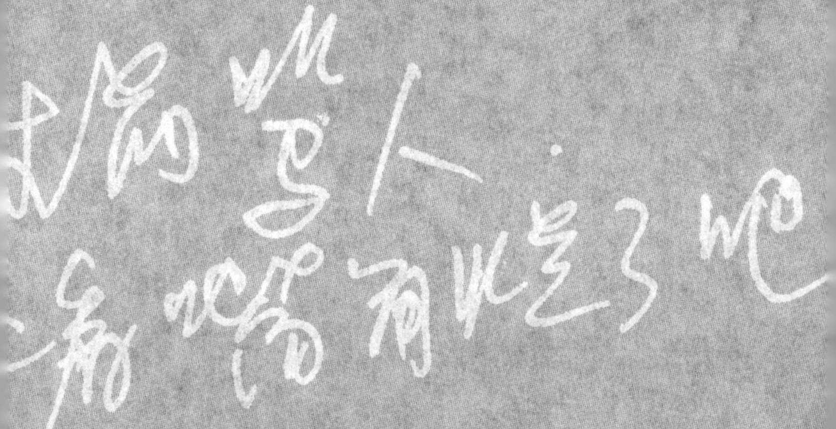

佛禅诗人校尔康
——路上的禅思者

文 / 庄小明

校尔康的诗集给人一种印象——一位孤独的僧人，扛着手杖，迈着坚定的步子，走在行人寥寥的路上。他的行李很小，普通人实在无法理解他如何在路上度过漫长的岁月。但他其实还负着另一个东西，诗意，光晕一般随行，使得他的生活，生命，获得了另一种的存在方式。

校尔康的踏入佛禅之路，颇有传奇色彩。他出生于江苏姜堰，祖籍内蒙，祖先为蒙古黄金家族乞颜部孛儿只斤氏，据考证系成吉思汗的后代。他曾在南京理工大学读书，后混迹于珠江路的碌碌红尘谋生。2009 年在南京九华山依传真法师学禅修道，并在玄奘寺带发修行，四年后从师命下山访道参学。

在一般人的理解中，信佛追禅，意味着一种对人生的澄净，超越，而校尔康从他的修炼之途中，最终开悟到，爱，才是信仰的真谛。他的诗篇《爱是通往天堂的路》，可谓他对这种“爱”的一种阐述，命名，并赋予了现代的光辉。诗篇一开始，诗人便咏出“爱是自由的灵魂”，由于信仰的力量，这种爱超越了世俗的羁绊，穿越了物欲的魔障，“尽虚空遍法界”，展开灵魂的翅翼，自由地飞翔。这种爱，“能除一切苦”，使孤独寂静发光，使一花一草一沙一石，“拥有了丰富的觉性”。实际上，在某种意义上，诗集《在路上》中的诗篇，就是来自这种对万事万物的爱的光线的折射。

佛禅的中心问题“空”“虚”，与老子的“道”

一般，一直挑战着后人的思维与想象能力，具有着无穷无尽的可阐发的诗性空间，校尔康作为一位佛禅诗人，对此自然会有着属于自己的体悟。他有一首诗《问禅：花之心》，通过一位禅者与一位侍者的对话，展开了对一朵花的“空”的探索。在现实的感知中，花之心应在花瓣花蕊的簇拥中，然而，当一切都摇落净尽，只剩下空枝的时候，侍者继续问禅者：“花有心吗？”禅者说：“有！”一旁的诗人，由此听着欢喜，因为他得到了一种启悟，共鸣：一朵花的“空”，就在一朵花的心，在花瓣花蕊的簇拥中。经过一个摇落的历程后，这空枝上的“空”，已不仅是一朵花的“空”，而成了一种生命的“空”，一个世界的“空”，或者说，成了某种宇宙的中心。“空”的意义，由一朵微小的花，而获得了无穷的弥散，获得了无限的诗意空间。

这种“空”的意义，在《大吉祥云：烟花散时，虚空无尽》中，有着清晰的呈现：“爆炸过后烟花散尽，突然发现进入了一个虚空，在所有因缘和合的时候，那是一个中心，世界的中心”，在《心生便是罪生时》中，更有着美妙的延伸：“真空是/人们与心灵间/纯洁的连接”，这里，“空”不仅是一种中心，还成了一种水晶桥梁，引渡着人们纯真的心灵。无疑，诗集《在路上》的这类诗篇，是佛禅诗人校尔康具有代表性的作品，既有着古典禅诗的顿悟，亦有着现代新诗的理的展开，相融无间，浑然新篇。在表现形式上，这些诗篇亦不拘一格，有纯诗体，有寓言体，有对话体等，且语言舒卷自如，自由清新，契合着作者追求的禅境。这些都为中国当代禅诗的创作注入了值得关注、珍惜的新品质。

从某种意义上讲，每个人都走在自己的路上。有些人浑浑噩噩地尾随着前面的人群，却总是发现走错了路或走过了站，处于不断的懊恼中；有些人匆匆忙忙奔向某个向往的终点，满怀希望中却发现什么也没有，而坠入绝望。显然，这些都与校尔康的世界无涉，作为一位在路上的行者诗人，他关注着每一个与他相遇的事物，以自己的禅性在这些事物上开启一扇扇门，而进入一个诗意葱茏的世界，丰富完善着自己的人生。然而，一个人如何才能拥有自己的禅性呢？诗人在《门，在路上》一诗中，引用了《金刚经》中的一段名言："一切有为法，如梦幻泡影，如露亦如电，应作如是观。"通俗一些说，就是要把生命看透彻了，把世界看"空"了，"觉醒/ 才会/ 自然而然地发生"，人与所遇事物之间的那扇门，也就自然开启了。

与一个事物相遇，即有一扇门，而与事物的不断相遇，便出现一扇又一扇的门——正是这一扇扇的门，构成了行走之"道"，这是校尔康的《门与道》这首颇为玄秘的诗告诉我们的。在这首诗中，诗人并没有以得道的高人自许，或像某些常见的"高僧"那般故意玩弄玄虚，他像一个真诚的友人一般，袒露着他行走在这条"道"上时的探索，困惑：

但常常
是无路可走
处处
似十字路口

——《门与道》

并非所有的门，都可以轻易打开，因为诗人并不能完全割除他的肉身，肉身仍会在某个时刻显示出它的欲望，重量，成为一种魔障。即使进入一扇门后，诗人又会面临一个新的选择，如在十字路口，因为一扇门并不会告诉他下一扇门的方位或“道”的方位，一切还得靠自已继续探索下去。但诗人以这样的体悟鼓励着我们，以及他自己：

从未体验过
就不会
自然生长

——《门与道》

实际上，也正因为此，我们才得到了佛禅诗人校尔康，一条透彻的大道，恐怕只能得到一些偈子，而不会得到真正的诗歌。校尔康本质上是一个以佛禅探索世界的诗人，而他的探索，亦使佛禅具有了更浓郁的诗意。诗集《在路上》中的一些最有特色和有感染力的诗篇，就可谓诗人开启一扇扇门时的复杂心理呈示。《无相》一诗，写诗人一次遇到一群飞鸟，他洒下一碗米，期待鸟们能来与自己对话，一同愉悦于“雨后落花：带我穿过山门”的禅意。但现实的状况是，诗人虽向往“生公说法顽石点头”，但他清楚自己并没有真正通鸟语，亦不知道鸟的“觉性”能否感知自己的心愿。在这扇诗人与鸟之间的门前，诗人陷入了“子非鱼，安知鱼之乐”的悖论，徒然诉说着自己的期待，而鸟始终一言不发。诗的最后，诗人抓了一把落花抛起，“风一吹有些飘进水里，有的落到脚边”，似乎暗示我们，答案就在这落花、流水、风中。

在另一首诗《解脱》中，诗人由听到一只鸟的“破空而鸣”，突然联想到“落花流水，生命无常”“ 照见五蕴皆空”。在佛禅的要义中，世界的本质就是一种空，一种大寂，“不生不灭，不垢不净，不增不减”，然而，在这由鸟声偶然启开的一扇门前，诗人却犹豫起来，“人世间的沧桑与世间人的悲伤突然升起”。在这里，校尔康的诗人身份与他的佛禅信徒的身份发生了冲突，他并不想永久居住于“五蕴皆空”，“无限的寂静”，他只是想借此来到达“花开花落，来去自如”之境——他想转向另一扇门。但冲突似乎并未解决，作为一个佛禅信徒，他不时地感着世界的空无、寂灭，而他作为诗人追求的“花开花落，来去自如”之境，在这个冷酷的现实世界，实际上倒是很难抵达。最终，他干脆痛快地让自己“放开大哭，泪奔如流”，以一种颇为世俗的方式，完成了一次解脱。

一场痛哭，并不能解决信仰问题，但在不断的探索中，校尔康寻觅到了自己本真的生命，并以此定位了自己的信仰。我与校尔康尚无面缘，但依我从他的诗中得到的粗浅理解，他定位的信仰，应是一种佛禅与老庄融合后的禅宗。《留得残荷听雨声》一诗中，讲述了诗人与一位得道者的相遇。得道者告诫诗人：世事崎岖，如履薄冰，惟有远遁没有人迹的地方，方能见到世界的奇观。诗人则回应了自己的追求：花开花落，顺其自然，无论是穿越崎岖世事，还是踏入人迹罕见处，都只是生命的一个过程。这首诗中，诗人心境萧远，然而拥有了一种宁静。

拥有了心境的宁静，并不意味诗人在路上的脚步将变得平缓，而是变得更为平稳、坚定。校尔康天性是一位行者、思者，他思考时间，思考终极，思考痛苦，思考死亡，思考再生，思考他所触及的一切，于是，有了这本《在路上》。但所有的一切，都不可能有终极答案，校尔康只是以他的禅思，为我们这个僵化的物质世界打开着一扇扇诗意的窗户，让我们领略到人生的另一番风景。只要他还在发现着，就会在这条寂寞的路上继续走下去，因为他是如此地爱着这个世界，爱着“你”：

在路上
我不辞辛苦
转山转水
只想遇到你

在路上
我顶礼焚香
一心一意
就想求到你

在路上
我戒情戒义
时时刻刻
皈依你

在路上
我从从容容
无知无觉
就路过了你

……

——《在路上》

提名要风有落，

红尘、旧着心房。

道在三界外，

苦舒、自可怀。

哦，是这一个家伙

文 / 李青凇

“听说您是江湖高手，我慕名而来，请问您能不能指点我一二？

高手看看我，微笑着说：您吃了饱没有……”

“会飞的鸟还是要回来……”

这是我有缘在读到校尔康行者诗集《在路上》的两篇意味深长的结尾，其中之禅机犹如书法之飞白、国画之留空，让我沉思，引我会心。

这一部分，或许令您云里雾里，莫名其妙……对！就是这个妙，妙不可言，无理而妙！好像刚过门的新媳妇，无理取闹！可就是这一闹啊，把小两口感情推向高潮一样，此时诗中的无理而妙把心推向了高潮……

这，诗中之禅，弦外之音，好比禅门公案中参话头之起疑情一样，让你大疑大悟，顿生桶底脱落杯碎念空、照破山河尘尽光生和云在青天水在瓶之自在之境……

正如《门，在路上》：

心
安在路上
觉醒
才会自然而生地
发生

又如《门与道》：

重重之门
都是道

但常常
是无路可走

再看《在行走中闭关》：

这个黄昏的相遇
让河流无声

在行走中闭关
终于相见

印心而来，化空而去。
于《在路上》次第排开，成为一道独特的风景！
会心处，真如醍醐灌顶，豁然开朗……

这是一个现代诗人更是一个“在行走中闭关”、在红尘中修心炼性的现代行者，在以禅人诗、以诗悟禅并以诗示禅之殊胜诗禅法门修持中和身心豁然中，犹如蚕儿满腹经纶时不吐不快，亦如禅师用功成熟之时桶底脱落水花四溅一样，尔康师兄在“闭关”中“开悟”时呈现出了有别于常人独具意蕴的禅意境界……

所谓悟境即空境，禅意即无意。恰恰用心无，无心恰恰成。可谓道法自然，妙契天真，说不清道不明，但深有怦然动心的感觉，这就是禅味。正如山果野葡萄的滋味，你的舌头被全部化掉了还说不出是什么味道；亦如一阵香风扑来，你的鼻子被全部漫掉了还说不出是什么风一样。漫城过客的禅意陡然涌出啊，你的心顿被彻底空掉了还道不出是什么，只知骤然身心照亮，全体呈现，一片空明，无上清凉……

正如尔康兄常常在诗中戛然而止一样，惭愧我也不知全象只能点到为止！相信高明的读者自当会兴会无前，无须我在此绕舌，而早日水落石出真相大白：

哦，原来是这个家伙……

丁酉九月初一凌晨初成于京华弘乐源

九月初五凌晨续于智峰大灵

当静静坐下来，

了脸上，说

风雨能让泥倒
的心有些疼。

校名，卫字尔康。
号，知默河边客。
别号，漫城过客。
城中隐者。
诗人，作家，词作者，行者。

作者的感悟：

死亡是人生的一次旅行，
无论是谁，早晚都无法躲避。
如果有所准备，
无论何时都可无所畏惧。

图书在版编目（CIP）数据

在路上 / 校尔康著. — 南京：江苏凤凰文艺出版社，2018.9
ISBN 978-7-5594-1375-8
Ⅰ. ①在… Ⅱ. ①校… Ⅲ. ①诗集—中国—当代
Ⅳ. ①I227

中国版本图书馆CIP数据核字（2017）第274832号

出品人　黄小初
总策划　汪修荣
责任编辑　张　黎
书籍设计　QQQQDESIGN

书　名　在路上
著　者　校尔康
出版发行　江苏凤凰文艺出版社（南京市中央路165号　邮编：210009）
出版社网址　http://www.jswenyi.com
制　版　南京新华丰制版有限公司
印　刷　上海雅昌艺术印刷有限公司
开　本　787×1092毫米　1/32
印　张　8.25
字　数　100千字
版　次　2018年9月第1版　2018年9月第1次印刷
标准书号　ISBN 978-7-5594-1375-8
定　价　96.00元

江苏文艺版图书凡印刷、装订错误可随时向承印厂调换

我还要在了

……在路上

執
著

色不异空空不异色
色即是空
空即是色

110

在路上
我不辞辛苦
转山转水
只想遇到你

在路上
我顶礼焚香
一心一意
就想求到你

在路上
我戒情戒义
时时刻刻
皈依你

在路上
我从从容容
无知无觉
就路过了你

在路上
我和你同行
却发现
终点不一

在路上
我们只观此生
悟到了如来

却到不了彼岸

……
我

我的头发长满树枝
在心灵上蔓延

在出售鲜花的年代

我忽然觉得
自己正努力变成

花的姿态

……你看不到

你看不到
心在哪里
虚空
就在哪里

你看不到
心
微笑
又恍如虚空

你看不到
心
应如所住
又何住

深如大海
尽管
泪涌如泉
尽管
又静如虚空

你看不到
心
如梦幻泡影
又细至针尖

你看不到
但心
亦非是虚空、
又是虚空

于是

喜悦

于是

无住

观心：境之乱

站在一种高处　才会有
一身的寒意
在你灵魂的深处
乱如麻丝

智者的预知
得到盲者的回应
这是一种不幸
心灵的沙漠
开满花朵
误为花开飘香
笑为顿悟

伟大的东西恰恰不幸
创造是天才的行为

静坐　观心

我将如何独自去散步
将虚妄去除

因为一种思想的快乐
体现一种遐想的风度

上帝 还是佛 我是人

神爱世人
佛渡众生

我是人　我是一个人
看着死亡　看着缓慢的老去

我的心
已容得下沧海

圣诞快乐：

问问那棵树吧

一个人坐在屋子里

对面是一棵树

想起一个朋友
不知他过得怎样

不想打电话
也不想写信

那就问问那棵树吧
它点点头

然后
它又摇摇头

想起去过的一个地方
不知有没有变样
不想打电话了解
也不想上网查询

那就问问那棵树吧

它点点头
又摇摇头

想起一个诗意的黄昏
那一刻有些莫名的惆怅

也不知道未来的哪一天
它会不会还会出现

那就问问那棵树吧

它点点头又摇摇头

有的人从生命中走了
就再也没有回来

有的人在你身边
却常常让你熟视无睹

究竟为什么
那就问问那棵树吧

它点点头

后又摇摇头

大吉祥云：

烟花散时虚空无尽

过年了　处处祥云

众云

大光明云

大吉祥云

大慈悲云

当下升起的情绪是寂静的
炸裂过后烟花散尽
突然发现进入了一个虚空
在所有因缘和合的时候

那是一个重心

世界的中心

虚空有尽
我愿无穷
面对尘世的世俗
什么才是最好的
没有理由

这些年都这么过了
当然还是要顺其自然地过下去

时间不可以重复
过去了就过去了
来了也就来了

大寒时节
禅者带着侍者来用茶
在落花的茶树下停下脚步

侍者说
师父
花落了
真好看

师问
花有心吗
答
有的
师问
花的心
在哪里
答
当然　花蕊中

师问
你看到了吗
答
是的　在里面

禅者拿起那枝花
花瓣随风落下
他举着空枝
问
花心在哪里

侍者默然无语
停了片刻

问
师父
花有心吗
禅者说
有

我在一旁　听得欢喜
赶紧合十礼拜二人

……留得残荷听雨声

路过
路过
想起九月的荷花

今天湖边的清风不在
空濛雨雾
东边这角的荷花早就谢了

这一年又要过去了
这一年又来了

求问一位成道者的踪迹
幸遇良知引见一位道人
说明缘由
道人号『山里人』

来偈

无人迹处有奇观

世事崎岖履薄冰

我想了想这几天的花景

复

花开花谢佛自在
山上山下真如意

可能
相差太远
心不能印
僧者打坐了
于是我也坐了一会儿
走了出来

看看湖边的残荷
对着濛濛的细雨
不禁想起这句话

默然

顿时花开
处处飘香
最是
人间四月天

花之期
自然行道
花无心
但香溢四野

春暖花开
是豁达的心境

坦然的接受
是自然的臣服

原来人世间

幸福之道

无一法可得

唯一心可造

雨后落花：带我穿过山门

一·空

冬天怎么会有花

门前的茶花
一边在开 一边在落

落花的枝头就这样空了
枝头上还挂着绿叶

绚丽的落花
华丽洒脱地盖在草地上
昨天正好下着雨

早晨雨停了

可是还有风
风一吹
枝头一摇
这是世上最自由的树

我理了理枝头茂密的地方
花瓣就不经意地掉下来
我忽然觉得

多事的人啊

风有点冷
毕竟是冬天

落花的世界
美得惊心

二·无相

河边一群鸟
飞起
我走到屋子里拿了一碗米
洒下
然后
我等着鸟什么时候能来
我轻轻地问自己
何时我能懂鸟语

都说万物皆有灵性
生公说法顽石点头
这鸟至少比我更有觉性
它怎么就能知道我会来喂它

可鸟们
一句话未说

我却说了许多话
我抓了一把落花就抛到水里
风一吹有些飘进水里
有的落到脚边

三·解脱

一只鸟
破空而鸣

落花流水
生命无常

在一念间
照见五蕴皆空

这心头的世界突然发现有无限的寂静
让我想到那句　不生不灭
不垢不净
不增不减
人世间的沧桑与世间人的悲伤突然升起
花开花落
来去自如

面对这场花宴
本来就想深情地大哭一场
花儿都这么自在
这世界怎么会这么的让人彻底清凉

干脆就放开大哭

泪奔如流

真是痛快

……与光同尘

这一天
对着玻璃
透过被折射的阳光
觉察到透明的细节
我发现光线里隐藏
无数的灰尘
一边发光
一边飞扬

想想这个世界
一沙一粒
一尘一蒂
有多少真假

多少的明暗同时存在
一切尽在眼前
人生的光线
不也是时亮时灭

闪闪烁烁

都在说四大皆空

成住坏空　一切幻化

风大　火大　水大　地大

人这一辈子

了知全部的真相

也终究变成了

无量的光芒

也是无数的灰尘

一转眼
多少的时光　五味杂陈
从生到死
我们亲自送走
多少的人
或男或女　或老或少
他们在四大皆空中
幻化成灰尘　飘散风中
多少因缘聚合
又降临多少新的生命

人这一生
两手空空
从无到有

又从有到无
来时流泪水份充足

走时含笑火性十足
不管有过什么
都要统统地交还大地

一笑间
大是大非
生生灭灭

一切本来是空
天天吃饭
天天睡觉
可是谁又了知
这空
如同光影同尘

只要让心轻松下来
这个空
犹如在无限的虚空
空空的心
无边无际
无量的寂静
和万物大同

哪怕是一世的虚荣
一身的奇迹
一生的光荣
也无法永生
这个空
让心抵达虚无
这个空
让心了苦

无量的光明
穿越山川河流
让整个寂静的人生
和大地同生

与光同尘

破执

诸法空相 不生不灭
不垢不净
不增 不减

真空是

人们与心灵间
纯洁的连接
如果
为了一点利益
去改变

空就会
轻易地切断
自由的心灵

就会
蒙上灰尘

转变了

心

念

就改变了

你的
全世界

抱残守缺：
今天就是不完美

没有什么遗憾
就抱着那个遗憾待一会儿

太好了
今天就是不完美

水月镜花
水还是水
花还是花
遗憾是水中的月
镜中的花

看得见的是相
看不见的是 缘

抱残守缺
大拙大美

人生最大的挑战就是完美
何必和自己过不去

去假存真

随缘　就是爱

当你来到这个世界
你以为你是谁

其实
你
谁
也不

是

当你成为你自己
你将不再是你

经云：
一切有为法
如梦幻泡影
如露亦如电
应作如是观

心

安在路上
觉醒
才会
自然而然地发生

重重之门
都是道

但常常
是无路可走

处处
似十字路口

本来
什么门
都没有

本来
什么路
都可走

从未体验过
就不会
自然生长

……

慢慢地静下来

慢慢地静下来
点上一支香
用所有身心
熏习清凉

慢慢地静下来
点上一盏灯
用所有的光
照亮灰暗

慢慢地静下来
倒一杯水
让所有的心思
柔软清凉

慢慢地静下来

弯腰

俯身

礼拜

慢慢地合十、

忏悔

冥想

心

安放与飘荡

……………
即使，
于是

即使你给了我
千匹宝马
我也无法
远走天涯

于是

即使

远隔千山万水
我怎么还觉得
你近在心湖

即使你给了我
完美的天堂
我却无法搭上
上天的云梯

于是

即使

在那清净的刹土

也摄不住

想你的心神

即使

你给了我

一座城池

我也做不了

那一方的诸侯

于是

即使

你一笑倾城

也只能

拈花而过

即使
你给了我

一生的繁华
我也不能做
你的烟花

于是

你给了我
万顷福田
无上的真言

依然无花又无果

不管你信或不信
你都是一盏灯
有时亮
有时暗

不管你懂或不懂
你都是一本书
有时读读
有时放放

不管你理或不理
你都是一座山

有时想翻
有时想看

不管你知或不知
你都是道

走也过
不走也过

于是我和你
不远不近

于是我和你
不坐不静

我的爱
不是
无影无踪

我的心
不是
无声无息

我的情
不是
无心无肺

我的爱
不是
无情无义

我观云
云自在
我阅水
水好深

云说
你在天上

我就在地上
你在岸上
我就在水底

我在地上
望天
云淡风轻
我沿岸漫步
浅底祥云

云说

我有山
我有水

云说

我不在天上
也不在地上

云说

你行我静
你走我行
不过山
不越水

云说

有也一时
没有也一地
祥云是一朝
流云也只一夕

今天

我是那自在的王

我的心

宽容与自由

处处可见

言论自由

真实

即刻
在在处处
心
藏着无数的
珍宝
无数的喜悦
美乐
顷刻间
广大无边
妙不可言

心在
悟道
还是悟到

空
是虚空
无限的虚空

静
是寂静
无限的寂静

我是自由的王

来来去去
上上下下
哭哭笑笑
疯疯癫癫

我是妄想的王
神仙之王

究竟人生去向哪里
这一辈子
为了富贵
还是爱情

从来没有去过天堂

真的不知道
如何想象
它在什么地方

常见到路边的银行
和华丽的宫殿

听说
天上会掉钱
可我从没见过

有人说

有钱能使鬼推磨

可多少人

因无钱气短

常听讲牛郎织女

也听过嫦娥奔月

见过
两情两悦
没见过忠贞不渝

相逢一笑
恍若隔世
下一站你在哪里
你知道
我不知道

我摸

心在

虚空里

我是那么缈小

如尘埃

如发丝

心在

空了

我就不在了

我在

心却不在了

虚空尽是虚空

静还是静

愿无边

空到寂静

我爱

这黑不是黑
白又不是白
苦又不苦
甜又不是甜
不知何味的世界

我怀疑它
又有什么办法

它是那么
丰富精彩

又是那么无限博大
那么不可思议

这个世界
我恨过
可又有什么办法

天还是天
地还是地
恨只是一个
短暂的错误

我爱这个世界

我走过的路
看过的风景
穿过的峡谷
呼吸的空气
还有我心灵中
阅读过的脸色

我爱这个世界

一个人如在虚空
面对生活的快乐
也想狂喜地逃亡
那里是天堂
那里是故乡

我爱这个世界

因为它白不是白
黑不是黑

因为它不可捉摸
无常的虚空
让我的爱
无法和你招呼

我不知道

三界内有多少虚空
人和人有多少无常
时空变换
有多少因果
在因缘聚合时
瓜熟蒂落

从这座灵山
到那座灵山
一步步不知道
究竟要走多远

这个世界

黑究竟还是黑
白还是白

这一天

我有些明白
光明的灯盏
只能照见一片世界
太阳也只是照见
一半白天

这个世界
就是黑不是黑
白又不是白

我爱这个世界

不黑不白
不明不暗
不苦不甜
不生不熟

从地球上任何地方

开始
都会一样
这是个事实

发是无重量光

无挂碍故 无有恐怖
远离颠倒
梦想 究竟涅槃

……谁的手

谁的手

抚慰我的心灵
没有一丝安静

谁的心
让我放弃追求
躺在失眠的床上

谁的爱
让她化在风中消失
没留下任何尘埃

谁的手

她让我靠近

无穷无尽的无奈

对视

那一天

照顾好你的灵魂

远逝的阳光

和一把锁

是一双眼睛

留下的

痕迹

远逝的阳光

和一把锁

我的一生

都像是

深藏不露

……有一世

有一世
手持华盖
莲花
上品

有一人
手捧莲花
笑口
常开

有一声
心存净土
福慧
无边

有一爱
清静无为
真空
妙有

有一生
遁入空门
寂灭
超生

有一天
因缘聚合
花开
自来

……………

歇即菩提：

家在东南常作西南别

弘一法师说

悲欣交集

时间只是时间

没有春夏秋冬的节气

人终究是人

逃不过生老病死

人终究是人
躲不过恩怨情仇

又是一个年轮
为了庆祝用灿烂的烟花爆竹宣告辉煌
倒不如为了解开究竟的束缚痛哭一场
过年就是过年
歇即菩提

那

就是一瞥

亦是涅槃

是心

……把我的心注在静谧的空中

把我的心注在静谧的空中
我不想在大地上
拥有太多的内容

我在繁华的世界
学会了虚荣

如果我能像一棵树那样站着
我一定会招致风的赞扬

我不想以一颗草的形象出现
因为我
不想左右摇摆

我的心拥有丰富的内容
我想注在静谧的空中
不致让谁开采

我的爱
在水面上漂行

西下的夕阳
艳舞的飞天
在宁静的世界

忏悔

感恩

喜悦

祝福

寂静的天神
让我深抚大地
静静流泪

我在流水中看到
夕阳
还有夕阳的影子
美
从灵魂中
流淌了出来
一滴一滴
落如甘露
洗一身沧桑

这个黄昏的相遇
让河流无声
船舶停行
人生没有苦等
几世的回眸
换今生通体的光芒
洗一世风尘
我求天求地
翻山越岭
那一刻
如此相见

我心怀感恩
隔世的经忏
终于
见一地莲花
无边的吉祥云彩

那一刻
风也有情
云也有情
我深怀感激
泪流满面

在行走中闭关

终于相见

……在河边

夕阳西下
暮色花影

走到河边静观花语

人一静下来

坐在河边就觉得有些空了

河谷上空时有飞鸟缓慢而行

河面上时有鱼儿轻划水面

这一切都让你沉浸下来

静静地坐下来
风自然就吹到了脸上
微微的有点凉

虫子的声音也悄然地来临
我静静地体会这个时空的安宁

在这片宁静的时刻体验空
空是一个什么样的东西

这个念头一闪而过

一个人坐在河边
在宁静的世界里

我爱上了水中月影
风中的虫鸣
香河中的鱼伴
还有对面的灯光
墨黑的树影

当虫子开始合唱
风渐渐大了
河面的鱼儿也次第地舞蹈
我看到波光粼粼的水面闪动着无数细碎的幸福

这些东西 一时间随顺心念
无声无息地散开

一个单独的心灵究竟有多富足
只有真正被体验过才会知道

有人问
一个人坐在河边
发生了什么事

这个世界上还有什么能与寂静同在
寂静之美胜于无声的世界

唯有爱
才能够清明地活在当下

死

只为一夕而存
就此了断
千万不舍
万般无奈

一生皆为还债
谁说心无挂碍
谁说从头再来

真死
即是痛快

……那个那个

那个 风
不待你开口
就来了

那个 雨
不等你撑伞
就晴了

那个　人
不声不响
就走了

那个　你
不知不觉
就不见了

……布达拉宫的城墙

那云
不升不降
那树
不高不矮

随着人流
走在拉萨的街头
不紧不慢
在布达拉宫的城头
心无所住
那才是幸福的王

将心静在那儿
不上不下
不喜不悲

在八廓街上转塔的人啊
在那个不变的旋转中

心花怒放
在法喜的汪洋中
即使那突然飘落的雨
和那雨后出现的彩虹

都是洗尘接风的仪轨
在心中化成
一滴滴甘露
玛吉阿米的酥油茶
让人静静地体悟
那份法乳的清凉

蓝天白云
雪域的高原
是心灵的圣地
在大昭寺的街头
从此不离不弃
静谧无语的心空

不言不语

阳光普照
万物生长

心灵的大门通往天堂
一步一拜

我的心
不再丈量远方
而是
让无量的光芒
穿过布达拉宫的城墙
照耀着四方

敬一杯水
就是供养佛
佛

真正的供养
是放下后

皈依　佛
皈依　法
皈依　僧

有时候
一杯水的静逸
是动态的

潇洒的
无上的自由
安静的飘逸

很宽广的气质
很优美的风度

一个人在一杯水的世界里
能悟道什么？

……爱是通向天堂的路

爱是自由的灵魂

坐以观心

清净无挂碍

爱可以传递

尽虚空遍法界

喜欢不是爱
喜欢只是一种清爽

一个单纯的世界
是容易被感动的

在无语的世界

有更多的单独与寂静
真的能除一切苦

爱是慈悲和感恩升华的智慧
当你去爱这个世界

一花一草一沙一石
就拥有了丰富的觉性

于是有人说
闭门即是深山
可想在这个世界
爱是多么的丰富
即是一刻的参悟
也会灵光闪现

人啊人

谁能无情呢
这一念即是深山

多清净啊

当你在这个当下一默如雷
静谧而安详地独坐
当你拥有一个美好的世界
爱即是妙吉祥

那人说得好
观自在菩萨
行

感恩这个世界
如此爱你

窗外的黄昏
有一直飞翔的鸟

她将纤细身影横穿
天空
土地
河流
森林
在她飞旋的

瞬间
留下一个白色的弧
她的一切包含着奥义

这是一本打开的书
所有的文字都浅显明白

然而
她的语义在
遥远的风中
像一颗粗大的

菩提

在生命的拔节中释放

禅义

我的自由烙刻着

痛苦的文字

在浩瀚的人海里

欲望如流

自由被扭曲
在规范之中
高度悲伤的
灵魂承认
一切虚妄的幸福
都宛如昙花
物质的欲望
是受伤的
精神的渴求

是伤人的

在生命的长廊上
自由
是一个独行的神
她在心灵明亮的时候
放松

爱或恨都在一天中流浪
昨天讲不再因她的好恶回头
在一个无风的晚上
点上一种光荣的梦想
让她在天堂中熠熠发光

我已爱过世界所有的一切
唯有你将陪伴我的生命

在岁月的散步中
进行语言的游戏

外面的景色是属于我们的
只是我已不再要求
完美

在心灵没有极限的度数中
用你的美丽测量她的温度

我不会在最烫的时候
说因为自由的情感而退出

这沿传千年的法则

11011